Martin Kessel

Am Laubenheimer Platz

Erzählung

Mit einem Nachwort von Klaus Völker

Friedenauer Presse Berlin

Unter den hiesigen Plätzen, die fast alle nur noch verkehrsreiche Kreuzungen sind, ist der Laubenheimer Platz einer der stillsten und angenehmsten. Er liegt noch immer so da wie bisher, ein von nicht zu hohen Wohnblocks umstelltes, buschiges und baumbestandenes Längseck, an dessen beiden Schmalseiten jeweils nur eine kurze, wenig befahrene Verbindungsstraße vorbeiführt. Der Platz ist also die reinste Oase, aber glücklicherweise geräumig genug, um nicht nur ein lokales Idyll zu sein. An der östlichen Schmalseite befinden sich sogar neben dem üblichen Kiosk drei Läden, eine Bäckerei, eine automatische Reinigung und ein kleiner Lebensmittelladen. Er wird von einer einzigen Person bedient, einer Frau mittleren Alters, und ist so vollgestopft, daß sich höchstens drei Kunden dort aufhalten können.

Da hier die Zeit nahezu stillsteht, hat man auch Zeit, sich gelegentlich einmal umzublicken oder wie Frau Weidlich, die schon Jahrzehnte hier wohnt, zum Fenster hinauszusehen. Frau Weidlich ist jetzt, wie ich durch Zufall erfuhr, 76 Jahre alt, aber man sieht ihr die Jahre nicht an, sie wirkt noch immer beweglich und frisch. Sie hat eine Haut, in der keine Runzel zu sehen ist, sie hat überhaupt nichts Abgezäckertes, dabei geht eine ungewöhnliche Bierruhe von ihr aus, das reinste Warmbier, und manchmal ist sie sogar verreist. Dann läßt sie in aller Öffentlichkeit, eben zum Beweis, daß sie nicht da ist, die Rolläden herunter und dem Leben und Treiben allhier seinen Lauf, in der naiven Gewißheit, daß dies alles auch ohne sie geht. Aber sie kommt doch wieder und dann, – ja, was dann? Dann blickt sie auch wieder zum Fenster hinaus. Sie wohnt im Erdgeschoß.

Wenn ich sie so herausgucken sehe, zu ebener Erde, unbeweglich wie eine Eule, werde ich immer an den Berliner Ausspruch erinnert, der lautet: »Kommse rein, dann könnse rausgucken.« Allerdings habe ich noch nie erlebt, daß da ein besonders reger Besuchsverkehr herrschte, und so wundert man sich, wie das eigentlich seinen Alltag verbringt, wovon das lebt und wie das mit sich zurechtkommt. Aber das festzustellen, ist schließlich nicht meine Sache, ich komme ja nicht vom Sozialamt.

Ich wohne nämlich selber schon seit unvordenklichen Zeiten in diesen Wohnblocks, anfangs im ersten, dann im dritten, immer ganz oben, und ich kann also mitreden, wenn es sich um so manchen handelt, der hier herumkriecht. Manchen habe ich schon von Kindesbeinen an gekannt. Zwei kleine Steppkes, die seinerzeit ihren Platz als Lapp bezeichneten, indem sie sagten, sie gingen jetzt auf den Lapp, sind inzwischen sogar Universitätsprofessoren geworden, der eine in Freiburg, der andere in Bern, und da fragt man sich wahrlich, welche Sprache sie jetzt wohl sprechen. Vielleicht lappländisch, mit der Stammsilbe lapp? Unmöglich wäre das nicht. Andere wiederum sind hier hängen geblieben, ein jeder mit seinem Schicksal, und das kann man dann schon als Dilemma bezeichnen, in Ermangelung einer anderen Terminologie. Oder was sagt man dazu, daß eine Nachbarin erst vor kurzem, nachdem sie sich vierzig Jahre lang dagegen gesträubt hat, in des Wortes realster Bedeutung auf den Hund kam? Ihn bedient sie seitdem, mit ihm geht sie täglich aus, wobei man beim besten Willen nicht weiß, zieht er sie an der Leine oder sie ihn. Dabei ist es ein ganz unansehnlicher, immerzu kläffender und Krach machender Köter. Es ist aber ihr Liebling. »Pfui!« sagt sie zu ihm, sobald er an etwas Ruchbarem schnuppert, und dann zerrt sie ihn fort. Also nein, bei manchen Leuten möchte ich ums Verrecken kein Hund sein.

Aber wie steht's denn mit mir? Vielleicht ist es noch etwas zu früh, das schon zu erörtern. Bisher steht lediglich fest, daß mir allmählich zumut ist, als spannte sich mein Gedächtnis über den ganzen Platz, wie ein Ausschnitt des Universums. In meinem Hinterkopf, ganz hinten wie am Ende der Welt, phosphoresziert es zuweilen, und dort finden auch Eruptionen statt, manchmal ganz plötzlich, ganz ohne Anlaß, so einfach aus der Tiefe heraus. Bei einer Zufallsbegegnung mit jener Frau Weidlich, als ich ahnungslos an ihrer Wohnseite entlangging und meine Schritte zählte, war das der Fall. Jaja, ich war aus bestimmten Gründen in die Anzahl meiner Schritte vertieft.

Für gewöhnlich geht man hier ziemlich unverbindlich oder nur mit leichtem Kopfnicken aneinander vorbei, von wenigen Ausnahmen abgesehen, die an den Ecken herumstehen und tratschen. Man weiß ja Bescheid, glaubt es zu wissen und begnügt sich damit, mit einer mehr

oder weniger begrenzten Rolle zwischen Tatsächlichkeit und Gerücht. Irgendwelche Förmlichkeiten finden dabei nicht statt. Ich kenne nur drei männliche Schlucker, die sich seltsamerweise veranlaßt sehen, den Hut zu lüften wie einst die Lords ihren Zylinder. Vom Dritten kenne ich nicht mal den Namen, obwohl er es besonders darauf angelegt hat, durch einen Griff an die höhere Krempe in konventionellen Gepflogenheiten zu brillieren. Das ist einigermaßen kurios. Sein auffallend graues Gesicht bleibt dabei ganz und gar ausdruckslos, und ich weiß nicht recht, was das alles bedeutet. Spielt er sich nur etwas vor? Bewegt er sich nur auf einer Tangente seines Bewußtseins? Oder was soll das? Das mit Sanftmut Lächerliche an diesem Gehabe verfolgt mich zuweilen, und dann hat es auch etwas Beklemmendes, im Rückblick sogar Unheimliches, dies hauptsächlich in seiner reglosen Blässe und Grauheit. Wenn das man gutgeht, dieses allzu Korrekte, denke ich dann, gutgeht mit ihm.

Mit Frau Weidlich war das ganz anders. Sie bewegte sich schon von weitem so stracks auf mich zu wie ein immer näher rückender Schrank.

»Wissen Sie schon«, sagte sie, kaum daß sie sich vor mir aufgebaut hatte, »der Komplarski ist gestorben.«

»Ja eben«, sagte ich.

»Es hat ihm gar nichts gefehlt«, fuhr sie fort, worauf ich aber nur sagen konnte:

»Ach nee.«

Das war zweifellos etwas wenig an Mitgefühl oder auch an Begeisterung. Aber erstens war ich noch mit der Auswertung meiner Schritte beschäftigt, und außerdem war es ja ihr Komplarski, nicht meiner, ich kannte ihn nur ganz flüchtig. Es war eine jener brauchbaren Mittelmäßigkeiten, wie die Weidlich sie liebte. Nun ja, Mensch sein ist schwierig, also sagte ich wenigstens:

»Er war ja auch schon 47, ich meine natürlich 70. Oder war er nicht sogar 72?« Dann kam eine Pause, bis mich die Laune ritt und ich hinzufügte: »Das reicht ja schließlich.«

Offenbar sollte das heißen: na dann fahr schon ab in die Grube.

»Wieso 47?« sagte die Weidlich.

Aber da grinste ich nur, ziemlich zerstreut. Ich hatte die Zahl meiner Schritte mit dem Stand seines Alters verwechselt, von dem die Weidlich aber nun meinte, das sei doch kein Alter.

»72 – das ist doch kein Alter«, wiederholte sie. Dabei blieb sie so stramm in den Schultern, so unerschüttert, daß ich sie fragend ansah. Es war denn auch plötzlich, als hätte sie sämtliche Schränke geöffnet, um mir sämtliche Tassen zu zeigen. Und so erfuhr ich auch, daß sie schon 76 war, was man ihr nun wirklich nicht ansah.

»Alle Wetter«, sagte ich, »76 ... das ist eine Leistung.«

Darauf holten wir erst einmal Atem. Es war aber augenscheinlich, daß sie ungemein stolz darauf war. Ja, es war geradezu eine Art Rekordsucht in ihr erwacht, die es darauf angelegt hatte, unbedingt länger zu leben als alle anderen. 77, 78, 79, – 185 ... was weiß ich. Mir drehte sich allmählich eine Riesenwelle von Kausalitäten im Kopf, so daß ich heilfroh war, als ich mich verabschiedet hatte, sie stehen lassend in der Gloriole ihrer unsterblichen 76.

Nichtsdestoweniger ging mir die Weidlich mit ihrem Komplarski noch tagelang nicht aus dem Sinn. Noch in derselben Nacht sah ich sie als Hundertjährige hoch auf dem Watzmann sitzen, während unten an der Elbe – die Elbe floß dort vorbei – lauter Komplarskis herumstolzierten und ihre Schritte zählten, unendlich viel Schritte. Ich war eben auch nicht mehr der Jüngste.

Mein Interesse am Laubenheimer Platz hat an sich ganz harmlos begonnen, es hat mir, genau wie Komplarski, nichts gefehlt, und doch war da eine Akzentverschiebung am Werk, die innerhalb des bloßen Interesses eine eigentümliche Reibung und Wärme erzeugte, eine Manie, wenn man will, eine unerklärliche Helligkeit des Bewußtseins. Man darf nicht vergessen, daß ich doch schon seit tausend Jahren hier wohnte, daß ich alle Ecken und Winkel kannte, aber eben auch, wie sich herausstellte, gar nicht kannte und gar nicht beachtet hatte. Ich war eben nur so hindurch gegangen, wie man sonst durch die Straßen geht, um irgendein Ziel zu erreichen, eine Haltestelle, eine Station, ein Kaufhaus oder dergleichen. Früher hatte ich sogar allmorgendlich den Platz überquert, um Brötchen zu holen. Was hatte mich da schon interessiert, geschweige verlockt, außer den Modalitäten des üblichen Anblicks? Es war eben so. Naja, wie sollte es denn auch sein. In den Büschen und bunten Rabatten krochen meist einige Gärtnergehilfen herum, die das Blühen und Gedeihen auf den neusten Stand der Jahreszeit brachten, in der Sandkuhle spielten die Kinder, den Gehsteig entlang vermehrten sich die parkenden Autos, was allerdings auffällig war, aber das alles war eigentlich nur Klischee. Im Traum nicht hätte

ich es soweit getrieben, die Anzahl der gelben und roten Bänke zu zählen oder sogar meine Schritte, mit welch letzterem Unterfangen ich übrigens bis heute noch zu keinem ersprießlichen Ende gelangt bin. Es kam immer etwas dazwischen.

II.

Ein um etwa zwölf Jahre älterer Herr, ein Herr Quentz, der gelegentlich hier herumstreicht, hat mich vor Wochen einmal einen Jüngling genannt. Verglichen mit ihm, wäre ich doch noch ein Jüngling, meinte er, halbwegs lächelnd. Ich nahm das damals so hin, worauf ich ihn auf eine der quergestellten Bänke zusteuern sah, wo er bei Sonnenschein meistens die Beine ausstreckte und sich ein wenig aalte. Bis dorthin sind es nach meiner Rechnung etwa 67 Schritte. Aber das stellte ich erst fest, nachdem dort nichts mehr von ihm zu sehen war.

Dieser Herr Quentz mit seinem verlarvten Wohlwollen, hinter dem aber stets auch ein Anflug lauernder Zurückhaltung lag, gehörte zu jenen Personen, bei denen man nie recht wuße, woran man mit ihnen war und ob überhaupt eine Art Bekanntschaft vorlag. Es hat auch in meinem Fall Perioden gegeben, da ich die Lust verloren hatte, ihn noch zu grüßen. Es war mir zu albern. Es ist anzunehmen, daß das auf Wechselseitigkeit beruhte, denn eigentlich hat man sich nichts zu sagen. Insgeheim stellt man lediglich fest, daß die Jahre nicht spurlos vorübergehen, und so werden eben auch die Blicke um einige Grade kälter. Also wieder derselbe, denkt man, also wieder dieselben Phrasen. Es bedarf schon eines bewußten Entschlusses, das Einschläfernde an diesem Leerlauf zu unterbrechen. Es ist der reinste Zufall, wenn das geschieht, nur daß eben auch der Zufall nicht einfach so in der Luft hängt.

Nun, wir hatten uns wohl zu lange angeblickt, um beiderseits die überbetonte Sekundenlänge nicht als peinlich zu empfinden. So war auch das Wort von dem Jüngling gefallen, das nun aber in mir zu spuken begann. Ob harmlos oder nicht, jedenfalls tauchte es stets wieder auf, sobald ich den Platz überquerte und dort die rotgestrichene Bank sah.

Es kann sein – beschwören kann ich es nicht, zumal ich keine Lust verspüre, mich in irgendetwas hineinziehen zu lassen – es kann aber

sein, daß mit diesem Herrn Quentz die unnachahmliche Anziehungskraft begann, die nach soviel Jahren der Gleichgültigkeit der Laubenheimer Platz auf mich ausübte. Herr Quentz war ein pensionierter Magistratsbeamter aus dem Tiefbauamt, eine spindeldürre Figur, mit einem Vogelkopf auf strähnigem Hals und mit immer leicht hochgezogenen Schultern. Auf den ersten Blick war er trotzdem ein gut gekleideter Herr, der bestimmt keine Mietschulden hatte. Gelegentlich sah man ihn in Begleitung eines jüngeren Herrn, von dem ich aber nicht behaupten möchte, daß es nun ausgerechnet ein Jüngling war. Vielleicht war es auch nur ein Verwandter oder auch nicht, obwohl die alte Weidlich ihn einmal ohne jeden weiteren Kommentar sein Lieschen genannt hat. In letzter Zeit waren sie aber nicht mehr gemeinsam zu sehen. Der Herr Quentz war sichtbar wieder ein alleinstehender Herr, und so kam es wohl auch, daß er bereitwilliger als bisher zu einem Gespräch geneigt war, wenn er nicht überhaupt das Bedürfnis verspürte, eine lose Bekanntschaft aufzufrischen. Jedenfalls kann das einer der Gründe gewesen sein, weshalb uns der Zufall damals so stehenbleiben ließ. Sein Wort von dem Jüngling wäre dann nur eine Art imaginärer Nachhall gewesen. Ein Nachhall war unsere Begegnung indessen auch sonst, denn ich habe Herrn Quentz seitdem nur noch zweimal gesehen, und ich muß leider zugeben, daß ich beim ersten Mal ungewöhnlich erschrak und folglich nicht ohne Scheu an ihm vorbeiging, grußlos, einer inneren Beschwichtigung nachgebend, die sich sagte: er erkennt dich ja sowieso nicht.

Ich hatte bisher noch gar nicht beachtet, wie kurzweilig und abwechslungsreich im einzelnen der Grundriß des an sich einfachen Platzes angelegt ist. Ich müßte ein Kriminalkommissar sein, um eine Skizze von all den Unregelmäßigkeiten anzufertigen, in denen möglicherweise sonstwas steckt, und andererseits auch ein Gartenbauarchitekt, um auf das Reizvolle daran hinzuweisen. Der Platz ist nämlich wirklich ein Platz, und das soll heißen kein halber Park. Nur soviel sei gesagt, daß die ganze Anlage in zwei Teile zerfällt oder vielmehr aus ihnen besteht, von denen die westliche Schmalseite offen und einladend ist, indem sie unmittelbar von der Querstraße aus hineinführt, während die östliche, abgesehen von einem Durchschlupf, gerade passend für Kinder und Hunde, durch Buschwerk abgeschirmt ist. Etwa in der Mitte führen zwei milde steinerne Stufen in die andere Hälfte hinab, dort befindet sich eine größere Rasenfläche, nichts als wohltuend grüner Rasen, der

Nachsicht der Anwohner empfohlen, die diese Empfehlung denn auch weidlich mißachten. Der westliche Vorhof, von wo ich meistens zu kommen pflege, hat drei blumengeschmückte Längsrabatten, an denen mittlerer zwei schmale Gehstreifen entlangführen. Ganz außen leuchten jeweils drei gelbe und rote Bänke, darunter zwei quergestellte als seitlicher Abschluß. Hinter den Stufen tummeln sich links und rechts zwei Sandkuhlen, in der linken ist auch ein Gerüst zum Klettern, während der folgende nördliche Teil wieder ganz offen und unbepflanzt ist. Man kann den Platz also nur in einer abgekrümmten Diagonalen überqueren, von einer Ecke zur anderen, wo dann die Rückseite eines Kiosks erscheint. Bis zum Augenblick bin ich noch nicht dazu gekommen, meine diagonalen Schritte zu zählen, und gerade, als ich mich angeregt fühlte, es einmal zu tun, kam mir besagter Herr Quentz entgegen.

Er tastete sich behutsam die zwei Stufen herauf. Er benutzte dazu einen weißen Stock, wie ihn Blinde benutzen, und ich erblickte denn auch zwei starke, nachtschwarze Gläser in seinem Vogelkopf. Man muß es mir nachsehen, daß die Verblüffung mich davon abhielt, ihn anzusprechen. Zwischen uns die mittlere Längsrabatte, tappte er in nächster Nähe an mir vorbei, vorsichtig mit sich selbst beschäftigt, den Kopf gesenkt, als suchte er dort nach kostbaren Steinen, dann weiter in Richtung des offenen Eingangs zur Straße. Ich war nicht imstande, mich umzublicken. Auch hatten sich die dunklen Gläser wie das ganze, vor Anstrengung verzerrte Gesicht unauslöschlich in mein Gedächtnis gebrannt. Dort wühlte das alles herum, auch später, mit der Weidlich und ihrem Komplarski dazwischen, bis schließlich der nicht ganz selbstlose Wunsch nach einer Wiederbegegnung in mir aufkam. Die Folie des Platzes vor Augen, der nun fortan wie ein Magnetfeld wirkte, hoffte ich täglich mehr, ihn auf seiner gewohnten Bank wiederzufinden.

III.

Unterdessen wälzten sich in der Sandkuhle die Kinder, und ein falscher Frühling brach aus. Er lockte sie alle zu sich herein. Sie saßen wie die Spatzen in ihrem Klettergerüst, einige hingen sogar, Kopf und Beine nach unten, mit den Kniekehlen an einer Querstange. Das zu sehen, fand ich immer beängstigend. Aber die Jugend fragt nicht nach

den Gefahren, sie nimmt sie an und vertraut auf ihr Glück. Mit den Kniekehlen würde ich auch an einer Dachrinne hängen, die Frage ist nur: wie kommt man wieder in die Normallage zurück? Da liegt das Problem. Bisher haben sie es geschafft, diese Schnucken. Zwischen zwei fast haushohen Bäumen stand ein Torwart, ein Dreikäsehoch, indessen mit einem so altersklugen Gesicht, als wäre er bereits so ausgekocht wie ein Großer. Als ich vorbeikam, war gerade ein Elfmeterschießen im Gang, und da machte ich, um die Zeremonie nicht zu stören, bereitwilligst einen Bogen.

Die geheime Erwartung, die mich täglich dorthin trieb, bewirkte, daß ich die helle Schar der die Längsseite umrahmenden Birken gänzlich zu zählen vergaß. Die Birken sind die Mädchen unter den Bäumen, reizende Geschöpfe. Es stehen aber auch sowohl auf dem Platz als auch am Rand der seitlichen Straßen allerlei männlich-muskulöse, haushohe Bäume da, mit kräftigem Stamm und sich sichtbar ins Erdreich grabenden Wurzeln. Deren mächtigster einer befindet sich gleich am westlichen Eingang. In der kahlen Jahreszeit hat dessen gespaltenes Aufwärts sowie das vielverzweigte, nervöse Geäst eines Tages einen schreckhaften Eindruck auf mich gemacht, den ich seitdem nicht mehr vergaß. Das sträubte sich so empor, und es war mir, als ob zwischen dem Filigran des zittrigen Geäders und den Lebenslinien der eigenen Hand eine bedeutungsvolle Verwandtschaft bestünde. Das griff so süchtig in die Luft, hin und her gezerrt, ja gezwungen von den Einwirkungen und Widerständen aus Klima und Wettersturz, daß es mir zuletzt wie ein Gleichnis erschien, angewandt auf das Schicksal der hiesigen Nachbarn wie der Leute überhaupt.

Ich hatte also noch mehr im Kopf als die bloße Erwartung. Aber wenn man sich erst in eine bestimmte Sache einläßt, begreift man gleichzeitig immer mehr und immer weniger, die Lücken vermehren sich genau so wie die Kenntnis der potentiellen Faktoren, und es bleibt einem nichts übrig, als eine Auswahl zu treffen und zunächst sie zu studieren. So war ich auch mit den Bäumen noch nicht ins reine gekommen, so wenig wie mit Herrn Quentz, aber da kam mir schon wieder etwas dazwischen in Gestalt der Trude Spiralla.

Um es gleich im vornherein zu sagen: ich wußte von ihr nur, daß sie oben im vierten Stock, gleich unterm Dach, auf dem Kopf zu stehen pflegte und Yoga praktizierte und daß sie, zumindest ihren Reden nach und obwohl erst Anfang Vierzig, eine ungemein bewegte Vergangenheit

hatte, was angeblich auch auf ihr gegenwärtiges Leben zutraf. Sie kam nämlich immer gerade von einer Reise zurück oder aus dem Theater oder vom Besuch einer von Reportern bestürmten, hochinteressanten Persönlichkeit.

»Immer so durch«, sagte sie von ihrer letzten Reise, die sie – es ist kaum zu glauben – an den Persischen Golf bis nach Kuweit geführt haben soll.

»Geflogen?« fragte ich.

»Nur zurück«, behauptete sie. Hinzu im Reisebus, immer so durch.«

Dabei hatte sie den Nacken zurück auf die Banklehne gelegt und blickte geschlossenen Auges in die im Augenblick offenbar zeitlose Höhe. Dort herrschte ein strahlendes Blau, wie es in unseren Breiten selten zu sehen ist.

Man kann sich fragen, wieso es eigentlich zu diesem Gespräch kam. Aber da kann ich nur darauf hinweisen, daß mein nun fast regelmäßiges Erscheinen und mein auffällig müßiges Umsichblicken von denen, die hier die Bänke belegten, so aufgefaßt wurde, als ob ich nun gleichfalls zu ihnen gehörte. Ich hatte mich nämlich auf die gleiche Bank gesetzt, die Herr Quentz zu bevorzugen pflegte, und da war statt seiner diese Trude Spiralla erschienen, um sich etwas zu sonnen. Wir kannten uns nur ganz flüchtig, sie behauptete aber, mich schon öfters beobachtet zu haben. Das war mir allerdings neu und auch etwas peinlich, denn wer denkt schon daran, daß er selber unter Beobachtung steht.

»Ich brauche den Kontakt mit der Welt«, sagte sie plötzlich, ohne sich weiter zu rühren. Voriges Jahr sei sie in London gewesen, Wembley und so. Mehr sagte sie aber nicht. Vielmehr war sie inzwischen schon an der Costa Brava, wo ein bekannter Filmschauspieler mehrere Bungalows besäße.

»Der Gallinson, den kennen Sie doch?« fragte sie. Sie fragte nur so in die Luft.

Ich kannte ihn zwar nicht persönlich, entsann mich aber einiger Rollen, namentlich aus früheren, schon etwas verblaßten Zeiten.

»Seine Sektfrühstücke, Hummer mit Sekt, genossen seinerzeit einen besonderen Ruf«, meinte sie. Sie habe an mehreren teilgenommen, mit ihrem geschiedenen Mann. Einmal sogar auf dem Eiffelturm.

»Ei«, stieß ich hervor. »Das war sicherlich interessant.«

»Das schon«, sagte sie. Ihr Gesicht blieb dabei ganz ausdruckslos.

Allmählich fiel mir aber doch auf, daß mein seltsames Trudchen überhaupt nichts Eigenes zu berichten hatte, sondern immer nur von einer Sache zur andern sprang, von einer Endstation zur andern, und daß sogar jeder beliebige Reiseprospekt ergiebiger war.

»Teneriffa«, hauchte sie vor sich hin. Für die ganz Reichen kämen aber nur die Bahamas in Frage, Neu-Nassau und so.

Ich sah sie an. Ihre Halsmuskulatur verriet ihre Jahre. Dann packte mich aber ein Kitzel zu sagen: »Da sollten Sie auch mal hin.« Worauf sie nur hinwarf: »Kommt noch.«

Es war nun freilich unmöglich, bis dorthin, wo sie sich so eifrig herumtrieb, meine Schritte zu zählen. Mir machte hauptsächlich die nächste Nähe zu schaffen. Das hatte ich aber nicht erwartet, daß nun auch die fadenscheinige Ersatzwelt dieser Spiralla hinzukam. Der Gedanke, daß ihr schon leicht verwittertes Köpfchen ganz leer war, das reinste Nirwana, lediglich angefüllt mit allem, was Hörfunk, Bildschirm, illustrierte Zeitungen täglich zusammenbrauten, dieser alles andere als flüchtige Gedanke erregte in meinen Knieen ein unruhiges Zittern. Ich kam mir mit einem Mal selber höchst unnütz vor, zumal bei der Frage, was denn eigentlich ich hier suchte. Anscheinend suchte ich auch nichts besseres als eine Abwechslung. So war es die reinste Ausflucht, daß ich noch sagte:

»Kürzlich war ich wieder einmal, ich glaube, wie seit zwanzig Jahren nicht mehr, in Lichtenrade. Ein sozusagen pensionsreifer Vorort. Kennen Sie den?«

»Da hat mal eine Freundin von mir gewohnt«, sagte sie. »Ich sollte sie besuchen. Aber es war nichts.«

»Naja«, sagte ich achselzuckend. Aber nachdem sie hinzugefügt hatte: »Darmkrebs«, sagte ich nur noch: »Oje!«

Ich hatte es plötzlich sehr eilig.

Einen Augenblick war mir, als wollte der Platz über mir sich drehen, ganz oben, wo gerade ein Flugzeug in Richtung Tempelhof seine Schalldurchbrüche vollführte. Ich hatte lauter Funken vorm Kopf, hervorgerufen nicht zuletzt durch eine Dunstglocke von informativem Geschwätz. Außerdem hegte ich die Befürchtung, daß womöglich Herr Quentz noch erscheinen könnte. Ich mußte mich verabschieden, was mir auch einigermaßen gelang.

Nichtsdestoweniger konnte ich nicht verhindern, daß ein ziemlich krummer Verdacht in mir aufzutauchen begann, reineweg wie ein

Wurm. Sollte – das mußte ich denken – sollte dieser an sich so harmlose Platz, wie sehr er mich auch erwärmt und beeindruckt hatte, sollte er etwa die diabolische Absicht ausgekocht haben, mich selbst auf die Probe zu stellen?

IV.

Es regnete nun schon seit mehreren Tagen in Strömen. Es platterte auf Fensterblechen und Pfützen. Dabei zeigte sich auch, daß die hiesigen Gehsteige oft unregelmäßig gepflastert waren, denn überall hatten sich ganze Seenplatten kleinerer und größerer Pfützen gebildet, um die man in einer Art Slalomlauf herumtanzen mußte. Das erstreckte sich auch auf den porösen Belag des Platzes, der nun völlig verlassen dalag in seiner triefenden Nässe.

Ich ergriff die Gelegenheit, sofern es nur irgend anging, regungslos auf dem Diwan zu liegen, so flach wie möglich, und einfach nur vor mich hinzudämmern, wie unter einer Haube flüssigen Glases, das draußen am Fenster herunterrauschte. Ich entspannte die Glieder, spürte die Augen in ihren Höhlen und hatte die Genugtuung, auch bei geschlossenen Lidern eine Art aufgelockerte Unterwelt mit allerlei Gestalten bevölkert zu sehen. Ich selber, so schien mir, lag da wie ein Platz, wie ein Tummelplatz, und so geschah es auch, daß auf dessen imaginärer Ebene ein nicht abreißendes Zwiegespräch stattfand, eine Begegnung nach der anderen, ganz unabhängig von Umgebung und Örtlichkeit, dem Zufall überlassen und trotzdem nicht ohne Sinn. Wie hatte doch die Spiralla sich auszudrücken beliebt? Immer so durch.

Meine Unterwelt war tatsächlich ganz schön in Bewegung geraten, um nicht zu sagen, in Aufruhr, und ich kann nicht verhehlen, daß mich dieser Zwischenzustand auch erwärmte.

Im Nachhall von einem letzten Sommer, der gleichfalls ziemlich verregnet war, stand plötzlich unser ältester Heizer da. Er war inzwischen längst pensioniert, vielleicht schon gestorben. Er war nun aber ganz gegenwärtig. Seit seiner Pensionierung war er nur noch halb so kräftig und umfangreich, sei es, daß ihm die Beziehung zur Arbeit fehlte, sei es aufgrund einer schleichenden Krankheit. Er schlurfte wie in Pantoffeln über den Platz, grau im Gesicht, mit einem kellerartigen Stich ins

Grün-Verschimmelte. Übrigens hatte er gleichfalls seinen Komplarski, bei ihm hieß er Michallek, in Gestalt eines anderen Heizers, der, seitdem ihm die Frau gestorben war, ihr bald nachgefolgt war.

»Wie kommen denn Sie zurecht?« fragte er mich.

»Es geht«, sagte ich nur.

»Die Männer leben alle nicht lang, wenn ihnen die Frau wegstirbt«, meinte er. »Sie sehen dann alle vernachlässigt aus, und schon verliert sich der Geschmack am Leben, auch wenn sie wie Hund und Katz gelebt haben.« Er wohnte jetzt bei seiner ältesten Tochter.

»Haben Sie denn jemand?« fragte er mich.

Da ich nicht gewillt war, darüber zu sprechen, denn das war mir zu nah auf den Leib gerückt, zog ich mich durch den Hinweis auf meine Aufwartefrau aus der Affäre.

»Die reinste Wunderblume«, sagte ich lachend.

Herr Mielenz, so hieß er, hatte hier immer mit dem Blick auf die den Laubenheimer Platz umgebenden Wohnblocks seine Kessel geheizt. Wir nannten ihn früher nur das öffentlich verlachte Gewissen, denn er war bekannt dafür, daß sein gewiß reichlich angeglühtes Hirn ein ganzes Stecknadelkissen meist oppositioneller Meinungen enthielt.

»Sauerei«, pflegte er zu fast jedem Regenwetter zu sagen. »Und meistens übers Wochenende oder an Feiertagen, wenn unsereiner mal frei hat.« Offenbar befand er sich in einem dauernden Klassenkampf mit den Wettermachern. Er sagte dann auch: »Den Mond anpeilen und Bomben schmeißen, das kann die Bande. Aber den Schnupfen abschaffen und das Wetter regulieren, dazu sind sich die Herren zu fein. Das ist kein Geschäft.«

»Hier ist eben alles veränderlich«, gab ich zu bedenken.

»Veränderlich nicht nur, auch politisch, jedes Streichholz«, sagte er, worauf es mich doch etwas juckte und ich ihn fragte, ob sein Kater das auch sei, politisch. Zu meiner nicht geringen Verblüffung sagte er indessen mit einem geradezu sardonischen Stolz: »Der ist hier der Herrscher.«

Er besaß nämlich einen schwarzen Kater, den er mit Vorliebe teils im Hinterhof, teils draußen über den Platz spazieren führte, wobei dieser Miezerich auch einigen Ärger erregte. Die Weidlich nannte ihn eine Kanaille. Vielleicht war es der Gedanke an sie, daß ich nochmals auf den anderen Heizer zurückkam. Ich fragte ihn, was ihm denn gefehlt hätte, dem Michallek.

»Ach«, meinte er, «gefehlt, typisch gefehlt hatte ihm nichts, nur die Frau. Und da ist er eingegangen wie eine Primel.« Es wäre überhaupt eine fatale Sache, zu lange zu leben. Der einzige Vorteil sei der, daß man dann ungestört über die anderen herziehen könnte. Aber man habe auch einiges auszuhalten. So habe ihn neulich das Kind seiner Tochter, sein Enkelkind, gefragt:

»Opa, wann stirbst'n du endlich?«

Dem habe er's aber gegeben, dem frühreifen Bengel. Die seien ja alle so frühreif.

»Paß bloß auf«, habe er ihm gedroht, «daß du nicht noch die Masern kriegst. Sonst stirbst du noch vor mir. Hier geht's nämlich nicht der Reihe nach.«

Seine Tochter habe natürlich die Hände überm Kopf zusammengeschlagen. »Da gab's drei Tage lang Krach«, gestand er. »Aber ich kannte schon den Winkel, woher das kam. So leicht abservieren lasse ich mich nicht.« Er habe hier schon genug abkratzen sehen, auch freiwillig. Da könnte man den ganzen Laubenheimer Platz als Friedhof benutzen. Die Spiralla läge da auch schon unterm Rasen, wenn seinerzeit nicht die Feuerwehr gekommen wäre. Die könnte sich schon längst die Rosen von unten betrachten.

»Und jetzt?« fragte ich noch.

»Jetzt spintisiert sie nur.« Aber dann glomm ein verdächtiges Leuchten durch seinen Blick, als er behauptete, wie hier noch mancher besseren Dame fehle ihr nur eine totale Wunschmassage.

Nun, das war ziemlich frech. Vielleicht hatte er's von den Tauben gelernt, von denen er einmal behauptet hatte, sie würden hier auch immer frecher.

Den Laubenheimer Platz hatte ich bisher noch nicht als imaginären Friedhof betrachtet, obwohl es hier Tageszeiten gab, mittags vor allem bei stechender Sonne, wo der Eindruck entstand, als ob die Leute auf den Bänken ihr Leben absäßen, darunter auch junge Frauen mit Kinderwagen, ein Groschenheft in der Hand, eine Zeitung, selten auch einmal ein Buch. Sie saßen so da wie die Mumien, lauter einbalsamierte Wünsche im Herzen, voller Erwartung, die Zeit überbrückend, die Stunden, alles nur halb, und der Zeiger schritt vor, und dieser und jener Gedanke ging auch zurück.

Im Augenblick war ich selber etwas beiseitegetreten. Die Trübnis hatte mich hinabgeschluckt, jahrzehntetief, und was dort von unten

wieder heraufkam, war natürlich nur bruchstückhaft. Auch sehen ja Vergangenheit und Gegenwart ganz anders aus, nachdem sich die Zukunft offenbart hat. Es war eine teils groteske Phantasmagorie mit Protestrufen wie »Nie wieder!« und »Ohne mich!«, mit hin und her huschenden Zettelverteilern und geballten Fäusten, begleitet von den entsprechenden Reden. Ein rasch zurechtgezimmertes, hölzernes Podium stand vor mir, von dem herab ein Student in sichtlicher Ohnmacht seine Universität Unter den Linden als Scheißhaufen bezeichnete. Das sollte wohl proletarisch sein, aufschlußreich war es nicht, aber es war auch nicht wirksam. Der Geist! Was bleibt einem denn, wenn man nichts mehr in Händen hat? Der Geist, – sei es in Form der Konzeption, sei es in Form der Argumentation und der Prophetie. So entpuppte sich der sonst so abseits gelegene Platz denn auch als Demonstrationsareal, bis die Machthaber ihren Zynismus organisierten und alles im Nu auseinanderstob. Es war einigermaßen verwunderlich, tausend Jahre später so manchen von damals vorm eigenen Spiegel als Widerstandskämpfer drapiert zu sehen. Es war aber nur ein gehetztes Wild, dessen einziges Geschick in der Wahrung der Flucht bestand. Das mag klingen wie's will, es ändert nichts an der Fatalität des Befunds, es erniedrigt auch nicht die Opfer.

Es berührte mich aber, zu sehen, wie der Platz nun so dalag, wie er daliegen konnte, als regnete alles nur so herab. In der Tat war das alles nur noch Legende, oft bis zur Selbsttäuschung hin und auch bis ins Märchen.

Na, schließlich hörte die Regenflut draußen auch wieder auf. Herr Milenz, inzwischen wohl selbst schon dahingegangen, hätte mir womöglich noch eingeredet, daß es an ihm nicht liegt, wenn auch Säuglinge sterben.

V.

Das bunte, sommerliche Bild, das sich nun auftat, war nach dieser Dusche doppelt erquickend. Es stand alles in schönstem Flor. Es war so ganz da, so gegenwärtig, so unbekümmert, gleich fern von Erinnerung wie Voraussicht. Sogar das Rot des Feuermelders am äußersten Eck glänzte wie frisch gebadet, es sonnte sich in vollster Unschuld und stand

außerdem in abgetönter Beziehung zum mild beschatteten Gelb der Telefonzelle neben dem Kiosk. Dessen vielfarbige Plakate hinwiederum fügten sich ohne weiteres in die ringsum aufblühende Farbenpracht der Sträucher und Beete, und schließlich paßte auch die lockere Vielfalt weiblicher Blusen und Röcke ins Bild. Es war schon ermunternd zu sehen, wie überall das Künstliche und das Naturhafte, ja selbst das Merkantile und das Gärtnerisch-Gepflegte aufeinander abgestimmt war und sich in einer sorglosen Einheit gefiel, einschließlich des teppichartigen Grüns der Rasenfläche.

Stattlich auch und erstaunlich hatte sich das Laub der Bäume entwickelt, über die ich inzwischen erfahren hatte, daß es Akazien waren. Gar mancher, den ich gefragt hatte, wußte das nicht. Haushoch griffen die Äste in die Luft, immer graziler, um dort vom Wind geliebkost zu werden. Nun, der erste Widerschein der Sonne kam ja auch schon frühmorgens um vier Uhr über die Dächer, viele Fenster waren geöffnet, und die Abende waren lang, zu Zärtlichkeiten geneigt, die auch noch den Nächten zugute kamen, mit mancherlei jungem Volk im Gebüsch.

In den ersten Tagen war ich derart von der Augenweide des saftig grünen, fast immer bewegten Blattwerks berückt, daß mein Interesse an der menschlichen Spezies arg in den Hintergrund trat. Der üppige, vegetative Ausbruch glich vorübergehend dem reinsten Botanischen Garten. Das verlockte mich manchmal, den ganzen Komplex zu umrunden, hie und da den Blick nach oben gerichtet, als suchte ich dort nach einem Geheimnis.

»Gurru, gurru!« machten die Tauben. Dann stoben sie auseinander, mit wunderbar auseinander gefächerten Schwänzen. Allerdings hundertmal hintereinander gurru hätte sich wohl selbst Beethoven nicht leisten können, und so ging das einigen auf die Nerven, zumal auch der vielen Kleckse wegen, mit denen die Fensterbleche und Autoverdecke verunreinigt wurden. Auch die Rattenplage nahm zu. War doch im Erdgeschoß eines Schauspielers plötzlich eine richtige Ratte erschienen, die sich gewiß nicht nur nach seiner neuesten, zweifellos einzigartigen Rolle erkundigen wollte. Gegen beides pflegte man sich mit Vergiftungsaktionen zu helfen, bei den Tauben oft unter Protest. Auch wurden seit einigen Tagen zwei Schulmädchen vermißt, rechte Ausreißerinnen und als solche bekannt, so daß zu erwarten war, daß sie sich auch wieder nach Hause trauten. Immerhin war das alles auch ein

Signal, das die Freude des Wiederauflebens einigermaßen durchkreuzte. Zwar verspürte ich wenig Lust, mich schon wieder auf eine Bank zu setzen, ich wollte erst mit dem Naturereignis ins reine kommen, aber es war doch unverkennbar, daß ich mich manchmal selbst hinterging und nach irgendwelchen, sei's auch nur losen Bekannten ausspähte, und daß ich es, dessen erst richtig bewußt, sogar öfter tat als mir lieb war.

Eine Zeitlang hatte ich es noch mit dem kugelförmig zurechtgeschnittenen Ahorn auf einer der Seitenstraßen zu tun gehabt. Die gezackten Blätter hatten auf mich wie Kiemen gewirkt und der Blick dorthin wie der Blick in ein Aquarium. Es war reineweg ozeanisch. Eine Vielfalt grüner Lamellen hing in der Luft, und die Luft umspülte sie wie einen Korallenstock. Anfangs war ich noch stehngeblieben. Aber nachdem ich mich des Ausdrucks eines längst entschwundenen Bekannten entsonnen hatte, der sich einen Spaß daraus machte, die pummlich zurechtgestutzten Ahorns als Bonnen zu bezeichnen, und so sahen sie ja gleichfalls aus, besänftigte sich der Zauber. Der alte Magnetismus, fast möchte ich sagen der alte Hunger nach Anteilnahme, wenn vielleicht auch nur Neugier, stellte sich wieder her, und das war zweifellos auch ein innerer Austausch zwischen zwei Polen, hervorgerufen durch das Bewußtsein einer sich immer größer auftürmenden Frage. Ja, es fehlte mir noch eine Antwort, und diese Antwort, wo konnte sie sonst herumliegen oder herumsitzen als auf den Bänken des nun wieder wie immer sorglos belebten Platzes.

VI.

Fräulein Delia Fuhse, Kriminalstudentin im sechsten Semester, ein waches und intelligentes Geschöpf, blond wie im Bilderbuch, lachte mich vielsagend an, als ich eines späten Nachmittags die große Akazie am Eingang des Platzes rechts liegen ließ, um ein wenig Umschau zu halten. Es hatte mich plötzlich so hingezogen, teils nichtsahnend, teils auch nicht ohne inneren Drang. Ich verstand nicht recht, was die Studentin bewogen hatte, eine Art Einverständnis mit mir anzudeuten, aber da sie ein Buch in der Hand hatte, kam sie wahrscheinlich von einer der Bänke, und gleich auf der dritten, quergestellten – es war eine rote – erblickte ich wahrhaftig Herrn Quentz. Offenbar hatte sie neben ihm

gesessen, vielleicht auch ein paar Worte mit ihm gewechselt und dies, wie ich später erfuhr, sogar über mich. Nun, das kommt dabei heraus, wenn man hier gleichfalls zur Randfigur wird, man gerät so allmählich in die Fänge der Ironie. In ihren Augen gehörten wir, Herr Quentz und ich, anscheinend zusammen, der eine wie der andere ein ausgedienter Poseur. Ich weiß nicht, ob sie das wirklich dachte, es konnte mir auch gleichgültig sein. Schließlich ging sie nur an mir vorüber, wohingegen ich sichtlich an mich halten mußte, um nicht Herrn Quentz wie einen alten Bekannten zu begrüßen. Die lange Pause war daran schuld, sie hatte mich angewärmt.

»Herr Quentz?« sagte ich denn auch in einem so fragenden Ton, als hielte ich's nicht für möglich, worauf er aber nur sagte:

»Si, si.«

Es war sofort klar, daß meine Befürchtung etwas ganz anderes erwartet hatte, eher eine Art ausgemergelten Totenkopf, den Habitus eines mit seinem Schicksal hadernden Blinden oder etwas dergleichen, wovor ich mich im Grunde gefürchtet hatte. Stattdessen war Herr Quentz nach einer leidlich geglückten Augenoperation, wie er behauptete, wieder ganz er selbst.

»Vierzehn Tage Nacht«, meinte er, »das genügt.«

Er sagte das nicht ohne Stolz, als wäre das sein Verdienst, was mich an den Stolz der Weidlich auf ihre überstandenen Jahre erinnerte, nur daß deren Stolz naiver war und weniger selbstgefällig. Aber auch sonst sah ich mich gezwungen, einige Abstriche zu machen. Nicht nur, daß bald darauf eine künstliche Hektik und Sarkastik bei ihm zum Vorschein kam, verbunden mit einem senilen Hang zu lauter Anzüglichkeiten und Altherrenwitzen, aus der schon früher beobachteten, lauernden Zurückhaltung schoß auch öfters eine nicht eben angenehme Aggressivität hervor. Ich hatte mich neben ihn gesetzt, früher hätte ich das kaum getan, und so war ich denn auch sein Objekt.

»Nichts lieben unsere Bekannten so sehr wie unsere Mißhelligkeiten«, sagte er nicht ohne Triumph. Es war ihm sichtlich eine Genugtuung, dieser Neigung ein Schnippchen geschlagen zu haben. »Es interessiert sie überhaupt nicht, ob es uns gutgeht«, fuhr er fort. »Es befriedigt sie aber tief, uns an unseren Verhältnissen herumlaborieren zu sehen. Tief befriedigt sie das.«

Dabei blickte er auf seine Füße, und zwar so absichtsvoll, als ob er damit gesagt haben wollte: also, nun weißt du's. Es war sehr geschickt,

wie er sich nach kurzer, ungemein trockener Pause hinter jene Kriminalstudentin, Fräulein Fuhse, versteckte, die kurze Zeit neben ihm gesessen hatte. Angeblich soll sie von mir gesagt haben, ich spazierte hier herum wie ein in lauter Harmlosigkeit verkleideter Detektiv. Für die Leute hier sei der Platz ein Erholungsort. Bei mir jedoch hätte sie das Gefühl, als wartete ich darauf, daß er endlich zu einem Schauplatz, vielleicht sogar Tatort würde.

»Pfiffig, das Kind«, sagte Herr Quentz. Dann schwächte er's etwas ab und meinte: »Das hat sie in ihren Kollegs gelernt.«

Was sollte ich darauf erwidern? Möglicherweise, ganz unbewußt, spielte dieser detektivische Trieb bei mir auch eine Rolle, vor allem aber, wenn schon, wie mir plötzlich vor Augen stand, in bezug auf Herrn Quentz. Ich hatte also tüchtig zu tun, mir das nicht anmerken zu lassen.

»Vielleicht liegt im Gebüsch eine Kindesleiche«, sagte ich scherzhaft.

»Bei den Popos, die sie uns zeigen, wenn sie an ihrem Klettergerüst hängen«, meinte Herr Quentz, »nicht ausgeschlossen.«

Ich mußte nichtsdestoweniger einen wunden Punkt bei ihm berührt haben, denn er lächelte merkwürdig vor sich hin, wobei sich auf seinen Lippen ein Rinnsal von Speichel zeigte. Dann lenkte er aber vom Thema ab, indem er sich des längeren über den Fachidiotismus der Ärzte und den pikanten Verwesungskomplex der jüngeren Krankenschwestern erging, was alles aber um eine Idee zu kraß herauskam, als daß ich es nicht als reines Ablenkungsmanöver empfunden hätte.

»Das Peinliche ist auch«, sagte er plötzlich, »daß man die inneren Bocksprünge der eigenen Körperlichkeit nicht loswird. Man flickt an lauter Defekten und Pannen herum. Und das kennt man allmählich. Reizvoll sind einzig die Rückfälle, physisch, moralisch. Das kitzelt man aus sich heraus. » Da ich nur vor mich hin nickte, gab er noch ein Gran zu und sagte: »Tropfenweise.«

Er empfand das wohl selbst als Zumutung. Vielleicht war es auch ein Versuch zur Schlüpfrigkeit, für die ich allerdings nicht der geeignete Partner war. Auch wurde mir wieder bewußt, daß es in erster Linie gar nicht dieser Herr Quentz war, der mich hierher gelockt hatte, sondern der Platz als solcher, wobei Herr Quentz nur ein zufälliges Attribut war. Um das deutlich zu machen, erlaubte ich mir darauf hinzuweisen, daß die Akazien bereits ihre Blüten abwarfen und verschwenderisch um

sich verstreuten, so daß der ganze Bodenbelag einem Teppich glich, wirklich bezaubernd.

»Die Akazien«, sagte Herr Quentz, »verlieren ihre Unschuld immer zuerst.« Dann blickte er mich aber an, ich weiß auch nicht wie, irgendwie verfänglich, und meinte: »In dieser Art auch ein Schauplatz.«

Da ich nicht umhin konnte, in diesem Hinweis auch eine Art Anspielung zu sehen, machte ich schon den Versuch, einen Anlaß zur Verabschiedung zu finden, als von drüben her ein kleines Mädchen auftauchte. Es steckte den Finger in den Mund und stand unschlüssig da.

»Na, du kleiner Spatz«, sagte Herr Quentz.

Der kleine Spatz zögerte lange, bis er mit seinen Wünschen herausgerückt kam. Zu meiner Verblüffung sagte das Kind:

»Onkel, zeig mir doch mal wieder deinen Pipi.«

Ob das mehr lächerlich oder mehr peinlich war, war im Augenblick nicht zu entscheiden. Ich vernahm nur, wie Herr Quentz drohend die Faust erhob und ausrief:

»Marsch, daß du fortkommst!«

Er murmelte noch vor sich hin, daß das denn doch zu weit ginge, ihn derart anzuschwärzen. Dabei geriet seine ganze, ohnehin hagere Gestalt ins Zittern, wie vor einem epileptischen Anfall.

Das war meine letzte Begegnung mit ihm. Vierzehn Tage später erfuhr ich durch Fräulein Delia Fuhse, daß er verhaftet worden wäre. Unzucht mit kleinen Kindern. Er hatte sie mit Bonbons in seine Wohnung gelockt, und die kleinen Biester hatten erstaunlich lang dichtgehalten. Es war ja für sie auch etwas absolut Neues.

VII.

Begreiflicherweise war mein Verhältnis zum imaginären Bezugsfeld des Laubenheimer Platzes in der Folgezeit etwas gestört. Wenn es eine Art Traumwandel war, was mich bisher hatte dahintreiben lassen, so war es schon zu verstehen, daß nach alledem eine gewisse Ernüchterung eintrat. Was hatte ich denn auch erwartet? Etwa eine von allen Mißhelligkeiten abgeschirmte Oase, ein künstliches Wunderland, eine Art innerstädtisches Paradies? Ich mußte tatsächlich auf der Hut sein, um

nicht die Gesellschaft dafür verantwortlich zu machen, was ja seit je das Bequemste ist, die Gesellschaft statt mich selbst. Und ich selbst, was war das anderes als jenes innere Agens, das mit einem draußen liegenden Anziehungspunkt korrespondierte? Es dauerte also seine Zeit, bis dieser Querstand wieder beseitigt war.

Es war nicht zuletzt meine neueste Bekanntschaft, die Bekanntschaft mit Fräulein Delia Fuhse, der ich die ersten Anregungen verdankte.

Gleich beim ersten Versuch, die Dinge wieder neu anzuknüpfen – ich zählte erst 17 Schritte –, sandte sie mir einen Blick entgegen, dem auf natürlichste Weise ein gemeinsames Bescheidwissen zugrunde lag. Sie saß auf einer der vorderen, schattig umbuschten Bänke und hatte gelesen, richtig in ihre spezielle Lektüre vertieft. Kriminelle Pathologie oder wie das Zeugs hieß. Sie hatte auch noch zwei andere Bücher daliegen, sogenannte Vorlesungen, mit gleich bedrohlichem Titel. Bei meinem Erscheinen hatte sie aufgeblickt. Vielleicht war es ein Zufall, denn ich hatte nicht die Absicht gehabt, sie zu stören, vielleicht auch ein durch äußeren Einfluß hervorgerufenes Aufmerken. Jedenfalls kamen wir auf dem Umweg über Herrn Quentz ins Gespräch.

»Der denkt jetzt nach«, sagte sie nur.

Wir ließen ihn denn auch dabei und kamen nicht mehr darauf zurück, es sei denn höchstens, daß ich meine Verwunderung darüber ausdrückte, wie das alles immer wieder so daliegt, in vollster Unschuld, jeden Tag wieder.

»Wieder erlangt«, meinte sie.

Das war's.

»Ohnedem geht's wohl kaum«, fügte sie noch hinzu.

Dann fragte ich sie, ob sie öfters hier säße.

»Zwischen gelegentlich und nicht sehr oft«, sagte sie amüsiert. »Sozusagen kapitelweise. Aber ich liebe dieses schattige Eck.« Sie liebte es. Das zu hören, war angenehm. Sie meinte dann, das Schönste an der Sonne sei überhaupt der Schatten. Man sehe es am Wald. Die Durchblicke. Das Geflirre in den Bäumen. Sie sei überhaupt in Bäume vernarrt, wie sie zeitlebens so dastehen, so tief verwurzelt. Und dann sagte sie noch etwas, was mich entzückte. Sie blickte dabei auf die große Akazie am Eingang. Sie sagte: «Bäume gehen nicht spazieren. Sie wurzeln.«

Sie schien überhaupt mit sich im reinen zu sein. Immerhin war das merkwürdig in Anbetracht ihrer doch sensationellen Lektüre wie auch

ihres Studiums. Als ich schon danach fragen wollte, entdeckte ich zwischen den Seiten ihrer kriminellen Pathologie ein Blatt. Es war ein Ahorn. Sie mußte lachen, nachdem ich es bemerkt hatte.

»Die Pathologie als Herbarium«, sagte ich noch.

Sie ging aber nicht darauf ein.

»Wen man nicht blind durch die Gegend rennt«, meinte sie, »entdeckt man immer etwas, und das bringt man dann heim. Sie nennen's vielleicht ein Indiz, um mich zu necken. Vielleicht auch halten Sie mich für sentimental. Es ist aber mehr.«

»Ich Sie necken?«

»Ältere Herren tun das gern«, sagte sie freundlich. Dabei blickte sie mich groß an.

Ihr Auge enthielt keine Frage. Sie war ihres Wesens so sicher, daß ich mir, allein schon durch den Abstand der Jahre, meilenweit von ihr getrennt vorkam, was mir andererseits den Vorteil verschaffte, sie mit umso größerem Wohlwollen betrachten zu können. Diese Mischung aus Sanftmut und Unbeirrbarkeit, dieses Erfülltsein von ihrer Aufgabe, diese Aufgeschlossenheit und Offenheit, es tat mir wohl, das zu sehen. Es sprach mich an, und damit trat auch der Platz wieder in seinen altbewährten Rang. Es stimmte so gut überein.

»Im Herbst habe ich immer Kastanien auf meinem Schreibtisch«, sagte sie. »Ich kann nicht vorbeigehen, ich muß mich nach ihnen bükken. Sie sind so poliert, wunderbar glänzt das. Das Innerste der stachligen Schale würde niemand erwarten, wenn es nicht schon bekannt wäre. Das hat auch etwas Unheimliches in seiner organischen Logik.«

»Unheimlich, das ja«, wiederholte ich halblaut, wobei ich allerdings auch an anderes dachte.

»Nur vergehen diese Eindrücke wieder, leider zu schnell.« Das sagte sie, es mehr feststellend als bedauernd. »Die Dinger, was soll man mit ihnen machen, und so landen sie im Papierkorb. Mein Vater ist besser daran, er hat immer eine Kastanie in der Hosentasche, angeblich gegen Rheuma.«

Und da lachte sie wieder. Es war ein Wohlklang in ihrem Lachen, eine Art Heiterkeit anläßlich gewisser Gepflogenheiten.

Schließlich kamen wir noch auf die Rinde der Bäume zu sprechen, ich hatte das so erwähnt, worauf sie aber gleich einging.

»Haben Sie das auch schon bemerkt?« sagte sie hocherfreut. »Das ist ja noch viel unheimlicher. Dieses Zerfurchte, maßlos Zerfurchte.

Botanik genügt da längst nicht. Da steckt ein ganzer Komplex darin: Physiognomik, Psychologie, Philosophie, Lebensabriß, fürchterliche Strapazen, – was weiß ich. Es ist das reinste Sanskrit aufrechter Selbstbehauptung. Und darunter das Mark. Nicht auszudenken. Das Mark.«

Die Pause, die folgte, war nun wahrhaftig nicht leer. Es kam denn auch wie aus einer unerschöpflichen Fülle, als sie fortfuhr:

«Wenn ich Malerin wäre, würde ich ein Leben lang das Geheimnis des Zerfurchten malen, auch in den Gesichtern.«

Da dürfte sie aber nicht in den Spiegel blicken, mußte ich denken. Ich dachte es nur, um sie nicht wieder zu necken. Sie war so wunderbar passioniert.

»Mir scheint, daß die Bäume ihr Alter besser bestehen als die Menschen«, sagte sie, wenngleich nicht ohne Vorsicht. »Sie werden nicht hinfällig. Wenn's an der Zeit ist, brechen sie einfach zusammen. Gewiß, morsche, entblätterte, kahle gibt's auch. Aber so eine vom Sturm geknickte Eiche, die's eben nicht länger aushält, das ist doch ein Drama.«

»Hier steht zum Glück alles in Saft und Kraft«, sagte ich. Und dann faßte ich mir ein Herz, indem ich sie fragte: »Wenn Sie Malerin wären … Warum studieren Sie eigentlich Kriminologie?«

»Vielleicht deshalb«, lautete ihre Antwort. »Das haben mich meine Eltern auch gefragt, auch schon. Das wüste Zeug, sagten sie. Ja, warum? Wissen Sie es vielleicht? Es ist eben so. Ein Interesse. Das ganze Leben ist ja unheimlich. Nun, interessant. Die Spannung liegt vielleicht in der Distanz. Was veranlaßt denn Sie, wenn ich fragen darf, hierher zu kommen? Ich nehme an, weil Sie hier etwas entdeckt haben: irgend etwas. Es bewegt Sie, es zieht Sie an, es spukt da etwas herum, strahlt vielleicht aus …«

»Der Tatort etwa?« fragte ich nicht ohne Anspielung.

»Ach Unsinn.«

Das habe sie doch nur Herrn Quentz zu Gefallen gesagt, diesem Herrn Quentz. Er sei ihr nicht gerade sympathisch gewesen.

»So«, sagte sie plötzlich. »Jetzt muß ich nach Hause.«

Damit raffte sie ihre Habseligkeiten zusammen und erhob sich. Sie stand schon, so schien mir, in einer ganz anderen Welt, als sie noch sagte:

»Die nächste Zeit sehen wir uns nicht mehr.«

Daß sie wir gesagt hatte, fand ich erquickend. Ich brachte aber nur ein ›Ach‹ hervor.

»Ich gehe auf zwei Jahre nach London.«

»Zur Königin?«

Ich konnte den Scherz leider nicht unterdrücken, da ich einigermaßen verwirrt war über den Abbruch dieses so angenehmen Gespräches. Sie übte aber Nachsicht mit dem älteren Herrn.

»Scotland Yard«, sagte sie. »Studienhalber.«

Es wäre zu billig gewesen, ihr dabei Glück zu wünschen, und so verlief unsere Verabschiedung völlig konventionell.

»Hm«, mußte ich denken. »Hm.« Ich fand einfach keine Worte.

Der Laubenheimer Platz umgab mich, in der Tat wie ein Kurpark. Es stand alles am rechten Ort. Man konnte tief atmen. Und es gab eben auch die richtigen Menschen. Das Problem war nur, sie zu finden. Eine tolle Lotterie war das, eine tolle Lotterie.

VIII.

Animiert wie ich war, getrieben von einem erhöhten Blutdruck, vielleicht auch etwas im Stich gelassen, zählte ich noch am selben Tag in sportlicher Gehermanier meine Schritte. Es waren je Längsseite cum grano salis 185, je Schmalseite 57 und 79, das machte also insgesamt – Moment mal – 506. Die Weidlich blickte zum Fenster heraus und lachte mich an.

»Lang macht der's auch nicht mehr«, schien sie zu denken.

Nachwort

Martin Kessel war ein Wahlberliner, der seit 1923 unbeirrbar aber immer mit Distanz in Berlin lebte. »Berliner ist man«, heißt es in seinem aphoristischen Kompendium *Gegengabe*, »weil man es wurde. Fragen der Herkunft spielen hier kaum eine Rolle, weil Berlin eine Art platonische Idee ist [...] und weil jeder, der den Geist Berlins in sich hat, am Schliff [...] dieses Geistes mitwirkt.«

Kessel blieb ein überzeugter Außenseiter und ging keiner Partei, keiner Ideologie und auch keiner Religion auf den Leim. Von den Schönrednern der Stadt ließ er sich nicht weismachen, daß hier »alles nur vorangeht«. Der stadtbesessene Flaneur fand, daß Bewegung mit ständigem Warten und Abwarten erkauft wird: »Man wartet auf Bahnsteigen, in Bahnen, in Vorzimmern, man wartet auf Anrufe, auf Termine, auf Gelegenheiten.« Er verstand es, sich die Stadt zum geeigneten Zeitpunkt wieder fremd zu machen, um sie immer wieder neu entdecken zu können, sie sollte für ihn eben nicht zu einer Stadt von verpaßten Gelegenheiten werden.

Aus Plauen im Vogtland kommend, wo er am 14. 4. 1901 geboren wurde, studierte Kessel nach dem Ersten Weltkrieg Germanistik, Philosophie, Musik- und Kunstwissenschaft in Berlin, München und Frankfurt am Main, wo er sein Studium mit der Promotion *Studien zur Novellentechnik Thomas Manns* abschloß. Eine Zeitlang war er – wie Franz Hessel, Siegfried Kracauer, Joseph Roth und Hermann Kesser – journalistischer Mitarbeiter der »Frankfurter Zeitung«. Ein erstes Buch mit Gedichten, *Mensch-Werdung*, erschien schon 1921, als Jahresgabe brachte dann 1925 die Frankfurter Bibliophile Gesellschaft den Gedichtband *Gebändigte Kurven* heraus, der 1926 noch einmal in veränderter Gestalt im Frankfurter Iris-Verlag erschien und zusammen mit dem Novellenbuch *Betriebsamkeit* sein eigentliches literarisches Debüt war.

Kessel schätzte das bewegte Leben in Berlin und fand hier, inspiriert von seinen Lehrmeistern Lawrence Sterne und Jean Paul, einen Sinn für Ruhe, ohne in behäbiger Alltäglichkeit zu erstarren. Eine weitere wichtige literarische Kraftquelle war besonders Gogols Roman *Die toten Seelen*. Neben Essays über Gogol, Grabbe und Wedekind entstanden immer wieder mit spitzer Ironie durchsetzte oder düster versponnene Novellen zur Physiognomie Berlins, in denen Kessel illusionslos

schilderte, wie die Menschen von ihren Wünschen in die Irre geführt und vom Schicksal widerlegt werden. Die Illusionen der Protagonisten werden durch die Wirklichkeit korrigiert. Humorvoll und ironisch stellt Kessel die Betriebsamkeit und die Leistungsmanie in Frage und zeigt, wie sie die Menschen ihr Leben versäumen läßt.

Sein bedeutendster Roman ist *Herrn Brechers Fiasko*, eine Darstellung des Berliner Alltags und des Lebens der Angestellten in den Jahren vor 1933, die ernüchternde Auslotung des »Tümpels«, in den ein Angestellter gerät, der sich seinen Individualismus nicht austreiben lassen will. Dieser Dr. Brecher ist Mitarbeiter des Propagandabüros eines Versicherungskonzerns, sein Kontrahent ist Dr. Geist, der seine Beförderung zum Personalchef durchzusetzen versteht und den anpassungsunwilligen Brecher mit der Begründung entläßt, daß er für einen kapitalistisch geführten Betrieb ungeeignet sei.

Herrn Brechers Fiasko erschien Ende 1932, also zu einem Zeitpunkt, als eine solche Analyse des Angestelltenalltags sein Publikum nicht mehr erreichte. Auch zog die Deutsche Verlagsanstalt nach Hitlers Machtergreifung das Werk ihres Autors lieber aus dem Verkehr. Erst 1956 brachte der Suhrkamp Verlag eine Neuausgabe heraus. Über seinen Roman schrieb Kessel 1973: »Da ich ein Menschenbild in mir trug, das demjenigen meiner Umgebung in keiner Weise entsprach, was mich später veranlaßte, den Menschen als diejenige Gattung zu bezeichnen, die ihrer Bestimmung am wenigsten entspricht, mußte ich lachen über die Aufführungsweise der Leute, über die Gebrechlichkeit ihrer Einrichtungen und Systeme. Es erschien mir alles höchst baufällig und schief, andererseits auch höchst anmaßend und verknöchert. Von Moral konnte kaum die Rede sein, das war alles fiktiv. Ihre Konventionen waren Komödie, die Wahrheit bezeichneten sie als unpraktisch oder undiplomatisch. Auch fielen sie fortwährend um, diese Pappenheimer. Sie litten an Gedächtnisschwäche, frisierten ihre einstigen Überzeugungen um und wuschen ihre Hände in Unschuld, und zwar in einem Aufwasch, den sie als reinstes Quellwasser anpriesen.«

Das Gegenstück zur Figur des Max Brecher ist die Titelheldin von *Lydia Faude*, Kessels letztem, 1965 publiziertem Roman. Sie ist eine Illusionistin, die ihre unzeitgemäße Lebenslust und romantischen Liebhabereien dem verknöcherten Zweckoptimismus einer nur auf Geld erpichten Umwelt entgegensetzt – und scheitert. Kessel entwirft hier die satirische Skandalchronik einer abbruchreifen Welt, in der jeder für sich

das Beste herauszuholen versteht. Nur Lydia Faude erlebt ihr Fiasko und muß sich fragen: »Soll ich denn nichts als niemand sein?«

1938 veröffentlichte Kessel noch den skurrilen Künstlerroman *Die Schwester des Don Quijote*, ein mit Satire und Ironie unterfüttertes Bekenntnis zur Autonomie der Kunst, dem man nicht anmerkt, daß er im Dritten Reich entstanden ist. Auch in diesem Roman ist Kessel, wie Wilfried F. Schoeller 1985 in seinem Essay über den »Elan eines Dichters auf verlorenem Posten« schrieb, mit dem Entwurf einer Zeitvermittlung befaßt: »mit etwas, was die Aktualität aufhebt, mit einem Fernbild von Zeit, mit einem sagen wir: humanen Raum, der von Vergangenheiten bevölkert und von Vorschein erleuchtet ist. Das mag befremden, doch wird gerade in dieser Vorstellung einer diffundierenden Gegenwart ein Widerstand gegen das Konforme der Aktualität, gegen den Verbrauch von Gedächtnis und Möglichkeiten, gegen die Begradigung des einzelnen, gegen das ›Getriebe‹ spürbar.«

Martin Kessel kam es darauf an, »dem Leben die Wirklichkeit abzugewinnen, indem man das Eigenleben der Dinge und Menschen entdeckt«. Er wollte nicht die Zeit erfassen, sondern das Leben, und so interessiert diesen Dichter Berlin als Lebensort, in dem es nötig und möglich ist, aller Betriebsmentalität äußerst kritisch zu begegnen. Er berief sich wie die französischen Moralisten auf die »epochale Substanz von Dichtung« und zitierte gerne den Satz von Joubert: »Wir leben in einem Zeitalter, in welchem die überflüssigen Ideen überhandnehmen und die notwendigen Gedanken ausbleiben.« Dem Zeitgeist pflegte er mit der Haltung eines Montaigne entgegenzutreten: »Ich will der Schnelligkeit, mit der das Leben entflieht, die Waage halten durch die Schnelligkeit, mit der ich es fasse; ich will die Hast, mit der es dahinfließt, ausgleichen durch die Kraft meines Zugriffs.«

Wie der Maler Schratt in seinem Don Quijote-Roman zog auch Kessel oft um: 1926 von Kreuzberg in die Landauer Straße in Wilmersdorf in ein Atelier, das zuvor der Maler Ludwig Meidner bewohnt hatte. Nach einer Zwischenstation am Südwestkorso bekam er 1928 eine Wohnung in der »Künstlerkolonie« in der Kreuznacher Straße Nr. 48. Die Genossenschaft Deutscher Bühnenangehöriger und der Schutzverband Deutscher Schriftsteller hatten hier Sozialwohnungen für Schauspieler, Schriftsteller, auch Maler und Musiker bauen lassen, in denen insbesondere Mitglieder der beiden Gewerkschaften und »ausschließlich Minderbemittelte« einziehen sollten. Das Haus

Nr. 48 nannten die Leute wegen der vielen arbeitslosen Künstler, die hier lebten, »Stempelburg«. Oft drohte den Bewohnern wegen Mietrückständen die Exmittierung, aber solche Zwangsräumungen konnten von Koloniebewohnern meistens verhindert werden, und im Erfolgsfall wurde dann ein Fest der Solidarität gefeiert. In Nr. 52 der Kreuznacher Straße zogen 1931 der Dichter Peter Huchel mit seiner Familie sowie der Philosoph Ernst Bloch und seine Frau Karola ein. Zu den Nachbarn gehörten in den Jahren bis zum Machtantritt Hitlers auch Alfred Kantorowicz, Erich Weinert, Erich Mühsam, Gustav Regler, Arthur Köstler, Ernst Busch und Wilhelm Reich. 1933 wurden viele der hier lebenden, mittlerweile fast 300 Künstler, die »Roten« und die »Juden«, verhaftet. Auch Kessels Wohnung wurde zweimal von SA-Sturmtrupps durchsucht, aber er blieb unbehelligt. Im Krieg wurden die Häuser der Siedlung weitgehend zerstört, Kessel konnte 1945 umziehen in eine unversehrt gebliebene Bleibe am Steinrückweg 9, »eine spartanisch eingerichtete Zweizimmerwohnung im alten ›Künstlerviertel‹ am Breitenbachplatz, ein Zimmer geht auf die Schrebergärten, das Fenster meines Arbeitszimmers blickt zum Hof hinaus«. Hier entstand der Roman *Lydia Faude*. Die letzte Adresse des Dichters war dann bis zu seinem Tod an seinem 89. Geburtstag 1990 die Laubenheimer Straße 5.

Ein lange geplanter Band mit vier Erzählungen, *Am Laubenheimer Platz*, blieb unveröffentlicht. Die Geschichten spielen am Berliner Stadtrand, in Lichterfelde und eben in dieser etwas abseits gelegenen Wilmersdorfer Wohngegend mit Spielplätzen für Kinder und Zuschauerbänken für Rentner und Pensionäre, die einander kennen und die Gerüchte über Abwesende ausplaudern. Den Laubenheimer Platz nannte man damals auch »Roter Platz«, weil hier so viele mit dem Kommunismus sympathisierende Künstler wohnten, die »rote Zellen« bildeten, denen gegenüber Kessel aber in der ihm eigenen »satirischen Distanz« blieb. Heute heißt der Platz in Erinnerung an den 1924 verstorbenen Schauspieler, Berliner Theaterdirektor und Mitbegründer der Bühnengenossenschaft Ludwig-Barnay-Platz. Die Titelgeschichte dieses geplanten Bandes erscheint hier zum ersten Mal.

Nach 1945 erschienen von Kessel im Rowohlt Verlag die drei Bände *Essays und Miniaturen*, *Aphorismen* und *Gesammelte Gedichte*. Diese Dichtungen und Schriften lagen auch jetzt konträr zum Zeitgeist. Der Autor eignete sich eben nicht zum Medienerreger, er lehnte es auch jetzt wieder ab, sich »nach vorn zu spielen«: »Ich hätte nur tüchtig mitmachen

müssen, für oder gegen Kulturtrubel Humanitätsphrasen dreschen, den ›Marxismus‹ entlarven oder die ›Freiheit‹. Auf dem Schriftstellerkongreß eine Position beziehen, Krach schlagen, Fehden anfangen.«

Martin Kessel war keineswegs ein verkannter Autor. 1927 erhielt er eine Kleist-Preis-Ehrung, 1954 den Büchner-Preis und 1961 den Berliner Fontane-Preis. Die Verkaufszahlen seiner Bücher stiegen dadurch nicht. An die Juroren, die ihm den Fontane-Preis zuerkannt hatten, schrieb er: »Die Verlegenheit, in der ich stecke, ist denn auch danach, denn meine soziale Situation gestattet mir kaum, den Preis einfach abzulehnen. Ich habe heute zugesagt, falls man mir gestattet, ihn als ›Ehrenhonorar für meine durchgefallenen Bücher‹ zu betrachten. Vielleicht ehrt sie das auch selbst, denn es ist ja nichts leichter, als einem ohnehin erfolgreichen Buch auch noch einen Preis hinterherzuwerfen. Obwohl ich manchmal den Kopf schütteln muß, habe ich die Erfahrung gemacht, daß Anerkennung und Erfolg zweierlei ist.«

Seine Bekanntheit blieb auch begrenzt, schon weil er ungern Interviews gab, die Auskünfte zu Person und Werk in der Regel für untaugliche Reklame hielt: »Ich finde, daß man das nicht alles auszupatschen braucht. Ein Kunstwerk spricht für sich selbst. Und ein Autor ist kein Filmschauspieler. Hauptsache, daß seine Physiognomie seinen Werken entspricht.«

Klaus Völker

Martin Kessel, Am Laubenheimer Platz

Gesetzt in der Janson Antiqua von Pinkuin Satz und Datentechnik, Berlin.
Gedruckt bei der Druckerei Conrad, Berlin.
Die Bindearbeiten besorgte Lüderitz & Bauer, Berlin.
Printed in Germany ISBN 978-3-932109-65-2

www.friedenauer-presse.de